CHARLES DORIGNY

HEURES DE LOISIR

PARIS
E. DENTU, LIBRAIRE-ÉDITEUR
LIBRAIRE DE LA SOCIÉTÉ DES GENS DE LETTRES
PALAIS-ROYAL
Galerie d'Orléans, 17 et 19

MDCCCLXX

HEURES DE LOISIR

CHARLES DORIGNY

HEURES DE LOISIR

PARIS
E. DENTU, LIBRAIRE-ÉDITEUR
LIBRAIRE DE LA SOCIÉTÉ DES GENS DE LETTRES
PALAIS-ROYAL
Galerie d'Orléans, 17 et 19

M D CCC LXX

PRÉFACE.

En offrant au public un petit volume, sous le titre que l'on vient de lire, je n'ignore pas que ce titre appartient à un des plus grands poëtes anglais, à Byron; j'ai cru pouvoir me permettre de l'adopter à mon tour. Le lecteur ne doit pas en conclure que j'aie pour Byron une sympathie particulière; j'admire son génie poétique, j'avoue même qu'il y avait dans son caractère de la noblesse et de la générosité, mais je n'aime pas le fond de son esprit, et, sauf son goût pour la liberté, je déplore les principes qu'il a laissé voir dans sa vie et dans ses œuvres ; on doit s'attendre à en trouver ici de tout différents.

Les morceaux mis sous les yeux du lecteur, quoique détachés en apparence, sont, en réalité, unis par un enchaînement qu'il pourra reconnaître ; si donc les premières pages ne l'ennuient pas, il ferait peut-être bien de lire ces morceaux suivant l'ordre dans lequel je les ai rangés ; pourtant, je ne le lui demande pas ; je ne prétends point gêner sa liberté, même en cela.

I

L'OCÉAN.

Souvent, loin du hameau, gravissant la falaise,
Sur ses sommets déserts, d'abord j'erre en rêvant;
Puis sur l'herbe, à la fin, je m'assieds à mon aise,
Les yeux tournés vers l'Océan.

Là, plongé, par degrés, dans une paix profonde,
O Dieu, je croirais presque être seul avec toi;
Il me plaît d'oublier l'autre Océan, ce monde,
Qui mugit aussi loin de moi.

Sans me rassasier, je contemple ; j'admire
Quels simples éléments à tes mains ont suffi
Pour créer ce tableau, si grand qu'on ne peut dire
Ce qu'on a senti devant lui.

De l'eau, le mouvement, des vapeurs, la lumière,
Quelques oiseaux blancs, noirs, sur les flots se jouant,
Qui tantôt rasent l'eau de leur aile légère,
Tantôt s'élèvent lentement,

Dieu de ces éléments fit cette vaste scène ;
Quelquefois un navire, à l'horizon brumeux,
Portant quelques enfants de la famille humaine,
Se perd dans un fond vaporeux.

Et devant ce tableau mon esprit en extase,
Comme ces oiseaux blancs, se joue avec le flot,
Ou, d'un rapide essor s'élançant dans l'espace,
Monte comme eux, monte plus haut.

D'un vague enchantement mon âme possédée
Erre, sans se lasser, des flots verts au ciel bleu;
Mon esprit ne voit plus que cette grande idée :
L'infini, que remplit seul Dieu.

Vous tous, qui végétez, nourris d'indifférence,
Vous aussi, dont le cœur par le doute est troublé,
Quittez un peu ces murs, où tout est si mêlé,
Allez vous éclairer à ce spectacle immense,
Et, quand vous reviendrez, Dieu vous aura parlé.

O Dieu, quand mon esprit, délivré des orages,
S'élèvera vers toi, triomphant du tombeau,
Ta grandeur pour mes yeux n'aura rien de nouveau;
Car à cet horizon j'ai vu, sur les nuages,
Ta majesté planant entre le ciel et l'eau.

II

LA SUISSE.

AUX TOURISTES

Lorsque, d'un pied hardi, vous gravissiez les cimes
De ces monts escarpés, dont le front touche aux cieux,
Lorsque, d'un œil rêveur, vous sondiez les abîmes
De ces gouffres, grondant en leur lit ténébreux;

Quand passait lentement sous vos pieds le nuage,
Comme un flux écumeux, poussé sur les vallons,

Quand, tout à coup, en bas, se déchaînait l'orage,
Quand la foudre éclatait en tortueux sillons ;

Ou bien, dans ces beaux jours, où toute la nature
Rayonne et resplendit sous un soleil brillant,
Où le Mont-Blanc, vêtu d'une atmosphère pure,
Lève au loin, dans l'azur, sa colonne d'argent,

Lorsque, sur une main appuyant le visage,
Vous suiviez ce tableau vaste, majestueux,
Qui se déroule en plaine, ou, d'étage en étage,
Du pied de la montagne à ses sommets neigeux ;

Lorsque vos yeux erraient des rocs sombres, grotesques,
Aux glaciers scintillants, l'un sur l'autre entassés,

Des chênes rabougris aux sapins gigantesques,
Des gazons verdoyants aux terrains crevassés;

Lorsque, pour reposer votre esprit, votre vue,
Vous portiez vos regards sur ce vallon couvert,
Où, le long d'un ravin, la chèvre suspendue,
Aux pieds d'un jeune enfant, broute le saule amer,

Sur ces prés nuancés de fleurs, d'herbe touffue,
Immenses tapis verts, entre deux monts jetés,
Dont vingt ruisseaux brillants sillonnant l'étendue
Semblent sur de l'émail des filets argentés;

Sur ce carré rougeâtre, où le chalet rustique
Se cache dans un pli du mont, tandis qu'auprès

Ce vieux chêne trapu sous sa ramure antique
Le couvre, comme un nid, et d'ombrage et de paix,

Que disaient les échos qui montent des vallées,
Ces souffles, ces parfums, qui traversent les airs,
Ces chants, ces cris, ce vent, ces mille voix mêlées,
Accords mystérieux qui bercent l'univers?

Votre oreille, écoutant cette grande harmonie,
N'a-t-elle rien saisi parmi ces bruits confus,
Musique naturelle, immense symphonie,
Que sous nos toits fumeux nous ne comprenons plus?

Avez-vous entendu la voix de la nature,
Comme un hymne imposant, s'élever vers le ciel?

Avez-vous entendu, comme un vague murmure,
S'élever les accents du concert éternel?

Si votre âme ici-bas cheminait chancelante,
Si l'ennui, le chagrin, avaient troublé vos yeux,
Avez-vous entendu la voix lointaine et lente
De Dieu, qui parle à tous du plus profond des cieux?

III

LE CHANT DU MONTAGNARD SUISSE.

A nous l'air pur qui vivifie,
Souffle de la Divinité;
A nous l'amour, fleur de la vie;
A nous la liberté.

Lorsque, bien loin allant chercher la guerre,
J'ai dû servir sous un maître étranger,
J'ai vu les rois et les grands de la terre,
Environnés d'un éclat passager,

Un peuple entier marchant sous leur bannière,
Comme un troupeau conduit par un berger.

J'ai vu l'ennui, dans des palais immenses
Se prélasser sur des lits de velours,
Et, même au sein des festins et des danses,
Compter encor les heures et les jours,
Près des châteaux gémir bien des souffrances,
Et sous l'orgueil se flétrir les amours.

Ah ! j'aime mieux, j'aime mieux ma chaumière,
Comme un vieux nid, pendue aux flancs du mont,
Mes lacs d'azur, et mes champs de bruyère,
Mes beaux glaciers, et mes gouffres sans fond,
Et notre Ranz, dont la voix grave et fière
Fait tressaillir les échos du vallon.

Quand le chamois bondit de roche en roche,
Quand tout à coup il tombe raide mort
Sous le trait sûr que ma main lui décoche,
Lorsque, le long du ravin, sans effort,
Comme un lézard, je grimpe et je m'accroche,
Je me sens vivre, et mon cœur bat plus fort.

Quand le soleil, à son dernier sourire,
Dore nos monts de rayons vaporeux,
Sur mon vieux banc je m'assieds, et j'aspire
Ce souffle pur, qui nous descend des cieux,
Et dans ce souffle, à long trait, je respire
Je ne sais quoi, qui me rend tout heureux.

Quand ma Suzon remonte du village,
Avec son œil, gai comme un beau matin,

Sa jupe courte, et son petit corsage,
Léger calice, où palpite son sein,
Vrai Dieu ! quel prince eut jamais en partage
Un sort plus doux, plus beau que mon destin ?

A nous l'air pur qui vivifie,
Souffle de la Divinité ;
A nous l'amour, fleur de la vie ;
A nous la liberté.

IV

LE PRINTEMPS.

Ah! que cet air est pur, et combien tout mon être
De vie et d'allégresse abonde ce matin!
Que ce jour éclatant de chaleur me pénètre!
Qu'avec plaisir mon œil plonge en ce ciel serein!
Soleil, tout mon esprit s'éclaire à ta lumière;
Il semble que, sans bruit, filtrant sous ma paupière,
Elle anime mon cœur, mon âme tout entière,
D'un feu subtil, d'un feu divin.

D'un essor plus hardi s'élève la pensée,
Au retour de ces jours, qui charment tous nos sens,

2.

Et par le vent d'hiver l'espérance glacée
Renaît, avec les fleurs, au souffle du printemps.
Au travers de cet air, que nul trouble n'agite,
On croirait de ce monde entrevoir la limite,
Et du séjour, où Dieu, dans sa splendeur, habite,
Quelques reflets étincelants.

Oui, devant ce beau ciel ma foi se régénère ;
Mon esprit, s'élançant dans cette immensité,
Se rappelle, et comprend, que pour nous cette terre
N'est qu'un premier asile, à nos yeux présenté,
Et qu'il est, au delà, de profondes demeures,
Où le jour luit plus pur à nos âmes meilleures,
Où ne se comptent plus les instants, où les heures
Se perdent dans l'Éternité.

Loin de nous, loin de nous ces ténébreux nuages,
Entre nos cœurs et Dieu par le doute amassés ;
Loin de nous l'art trompeur de ces dangereux sages,
Par qui nos vrais soutiens sont presque renversés.
Aveugles ! insensés ! plus d'un ose nous dire :
« Couronnez-vous de fleurs, enivrez-vous de rire,
Avant que le néant pour toujours vous attire
Dans ses bras, sur vous enlacés.

« Là, plus de doux propos, de gracieux sourire,
Plus d'amour rose et frais, plus de plaisir vermeil ;
Votre être, évaporé dans l'air que l'on respire,
Pour enrichir la terre aidera le soleil,
Et de votre substance elle sera féconde ;
Mais, couchés pour toujours dans une paix profonde,

Vous dormirez, bravant les soucis de ce monde,
Sans craindre un pénible réveil. »

Voilà ce que plus d'un à l'homme ose promettre.
Grand Dieu! perdre le jour, après l'avoir goûté!
Après avoir aimé, pensé, ne plus rien être
Qu'un vil morceau de chair à la terre jeté!
Et, pour retrouver ceux que notre amour espère,
N'avoir d'autre ressource, à notre heure dernière,
Que de nous faire étendre auprès de leur poussière,
Et dans la même obscurité!

V

LE BONHEUR.

Par un beau soir d'été, sous un ciel sans nuage,
L'un près de l'autre assis, à l'ombre du feuillage,
Deux époux, à loisir laissant parler le cœur,
S'entretenaient d'amour, d'espoir et de bonheur.
Plus loin, deux beaux enfants, pleins de séve et de vie,
Sur le gazon touffu d'une vaste prairie,
Se livraient aux ébats de leur folâtrerie,
Tantôt de fleur en fleur, avec mille détours,
Suivant un papillon, qui s'échappait toujours,
Tantôt près d'un buisson, qui leur servait d'ombrage,
Arrangeant des bouquets, moins frais que leur visage.

Les deux jeunes époux, tantôt silencieux,
Et tantôt échangeant des mots délicieux,
Sur ces doux fruits d'amour fixaient souvent les yeux.
Cependant le soleil de ses lueurs fécondes
Dorait du bois voisin les retraites profondes,
Et l'hirondelle, avec son cri vif et perçant,
Décrivant dans les airs d'interminables rondes,
Planait au-dessus d'eux dans les feux du couchant.
Après un intervalle, où dans la rêverie
Son âme s'était plu, paisible et recueillie,
Des lèvres de l'époux, tendre comme un amant,
Mêlés aux doux rayons d'un regard caressant,
Ces mots tombèrent lentement :

« Je me souviens du temps où, solitaire,
Mon âme allait errante sur la terre ;

Oh! qu'à mes yeux alors tout était différent!
Le plus beau ciel et le plus éclatant,
Au lieu de m'égayer de sa vive lumière,
D'un vague ennui m'oppressait bien souvent;
Et quand l'oiseau, bercé dans sa couche légère,
Au fond du bois sauvage, à la chute du jour,
Heureux de posséder l'objet de son amour,
Entonnait les accords de son brillant prélude,
Il me semblait narguer ma solitude.
Mais, depuis que nos vœux, confirmés à l'autel,
Ont uni nos destins d'un lien éternel,
Dans mon cœur satisfait nulle place n'est vide;
Dans la sécurité de ce bonheur solide,
Tout mon désir repose confiant,
Et mon activité, dont l'amour est le guide,
Même dans le repos trouve son aliment;

Sur un seul but elle est toute fixée;
Il semble que pour moi le temps n'existe plus,
Et que tous les instants, en un seul confondus,
Quand de mille accidents la vie est traversée,
Me laissent pénétré d'une seule pensée,
D'un même sentiment.
N'est-il pas vrai que, sans nul changement,
Sur cette terre bienheureuse
Pour nous l'Éternité serait délicieuse,
Qu'il ne faudrait à notre cœur
D'autre plaisir, d'autre bonheur,
Que de vivre toujours de la même existence,
Dans la même union, la même confiance,
Et qu'enfin notre esprit, soit qu'il rêve ou qu'il pense,
N'imagine rien de meilleur?
Ah! pourquoi donc faut-il qu'un jour arrive

Où la moitié de nous, partant toute craintive,
Vers d'autres régions seule s'éloignera?
Pourquoi faut-il que d'une triste absence
Nous soyons condamnés à subir la souffrance,
Et sans savoir quand on se reverra,
Ni même si jamais on se retrouvera? »

L'épouse alors : « Pourquoi cette crainte pénible,
Mon ami? Dans mon sein l'espoir est invincible;
Nulle appréhension ne fait trembler ma foi;
Je sens que rien ne peut me séparer de toi.
Et toi, ne sens-tu pas que notre amour défie
Le temps et la mort même, impuissants ennemis,
Que rien ne peut briser le charme qui nous lie,
Que dans le ciel, plus tard, nous resterons unis?
Mais jouissons des biens dont cette vie abonde,

Et qu'un Dieu tout-clément nous verse dès ce monde ;
Je me fie à ce Dieu, qui m'a fait tant de bien,
Qui voulut me donner, pour guide et pour soutien,
Un cœur, dont chaque mot s'accorde avec le mien,
Où je puise sans cesse une force nouvelle,
Et qui sait tout le prix d'une amitié fidèle.
Qu'il soit aussi béni de nous avoir donné
Ces enfants, dont la vue à tous deux nous rappelle
Que, comme eux, de l'amour notre bonheur est né.
On voit bien à leur front, de grâce couronné,
Quand je les ai conçus quel était mon modèle ;
D'un reflet de tes yeux leur regard est orné,
Et dans leurs traits chéris, calqués sur ton visage,
Quand tu n'es pas présent, j'ai du moins ton image.
Crois-moi, lorsque des cœurs ici se sont aimés,
Je ne sais quels accords entre eux restent formés,

Et, dans ces régions qu'un autre soleil dore,
Parmi des flots de cœurs ils se cherchent encore;
Autour de Dieu, sommet des êtres animés,
Guidés par une soif, que sans cesse ils éprouvent,
L'un vers l'autre attirés, toujours ils se retrouvent. »

Tandis qu'elle parlait,
Un doux zéphyr, par instants, soulevait
De ses beaux cheveux blonds les boucles ondoyantes,
Et mollement en caressait
De son époux les lèvres frémissantes;
La couvant du regard, paisible, il écoutait,
Et, tout plein d'un charme secret :

« Tes paroles, dit-il, coulent dans tout mon être,
Plus suaves que le miel,

Et dans ta voix si pure on croirait reconnaître
Un souvenir du ciel. »

Il s'arrêta ; sa main, par le cœur animée,
Saisit, pressa la main de son épouse aimée ;
Puis, d'un commun accord, calmes, mais radieux,
Ensemble leurs regards se fixèrent aux cieux ;
Et, d'une douce extase enivrés tous les deux,
Ne trouvant plus de mots, leurs bouches se fermèrent,
Mais leurs cœurs en secret encore se parlèrent,
Et les enfants, près d'eux à la fin ramenés,
Semblaient prendre leur part de rêves fortunés.

VI

L'AUTOMNE.

Tombez, courez, volez, feuilles légères,
Courez, volez où vous porte le vent ;
Allez sécher, en vous décolorant,
Sur ces guérets, vastes champs funéraires.
Hélas ! là dormiront auprès de vous,
Après un jour passé sur cette plaine,
Après avoir végété dans la peine,
Les générations de la famille humaine,
Que le temps fait tournoyer sous ses coups,
Comme la bise, en courant, vous entraîne.

Tombez, feuilles, volez où vous porte le vent,
Nous vous suivrons bientôt ; même sort nous attend.

Là dormiront, sous une froide pierre,
Bientôt tous ceux que nous avons aimés ;
Là tous ces cœurs, pour un jour animés,
Viendront s'éteindre et finir en poussière ;
Là tomberont, frappés du même sort,
Notre vieux père auprès de notre mère,
Parents, amis, la sœur auprès du frère ;
Ces traits chéris, ces yeux, fermés à la lumière,
Déjà flétris par le doigt de la mort,
Disparaîtront et fondront dans la terre.
Tombez, feuilles, volez où vous porte le vent,
Nous vous suivrons bientôt ; même sort nous attend.

Là finiront le talent et la gloire,
Brillantes fleurs aux parfums enivrants,
Et dont l'éclat, pour encor quelque temps,
Est ranimé par la main de l'histoire.
Et puis, après quelques siècles passés,
Que de héros des beaux-arts, de la guerre,
Malgré l'histoire, impuissante ou légère,
Rouleront, confondus dans leur chute dernière,
Comme là-bas ces débris entassés
Roulent au fond du ravin solitaire!
Tombez, feuilles, volez où vous porte le vent,
Nous vous suivrons bientôt; même sort nous attend.

Sur cette couche aussi dormira celle
Dont le regard, en se fixant sur nous,

Versait un feu pénétrant et si doux
Sur notre cœur, toujours tourné vers elle ;
Celle par qui, sur le bord du tombeau,
Notre âme, un jour à la sienne enlacée,
D'un rêve heureux un moment fut bercée,
Dormira là bientôt, immobile et glacée ;
Ces traits si purs, type vivant du beau,
Seront la proie..... horreur ! quelle pensée !
Tombez, feuilles, volez où vous porte le vent,
Nous vous suivrons bientôt ; même sort nous attend.

Eh ! quoi ! jouets du Temps impitoyable,
Poussés par lui dans les bras du Néant,
A ce soleil montrés comme en passant,
N'est-il pour nous rien qui soit immuable ?

N'est-il pour nous, n'est-il d'autre bonheur
Que tous ces biens, dont notre âme troublée
Voit chaque jour une part envolée,
Comme une fleur cueillie, aussitôt effeuillée ?
O mort, bourreau de notre pauvre cœur,
Pas un plaisir où tu ne sois mêlée !
Tombez, feuilles, volez où vous porte le vent,
Nous vous suivrons bientôt ; même sort nous attend.

Et quand le sort avec soi les entraîne,
Quand pour aimer les hommes n'ont qu'un jour,
Loin de s'unir d'un mutuel amour,
Contre eux au Temps ils ont prêté leur haine !
Et l'intérêt, l'ambition, l'orgueil,
Le sot dédain, la basse hypocrisie,

Et la chicane, et la ruse, et l'envie,
Monstres qu'ils ont armés de leur propre furie,
Tout mutilés les poussent au cercueil,
Et par lambeaux se disputent leur vie!
Eh! voyez ces débris que fait voler le vent,
Vous les suivrez bientôt; même sort vous attend.

Mais vous pourtant, être parfait, immense,
Vous, pour qui seul le Temps est arrêté,
Vous, dont parfois notre œil épouvanté,
En hésitant, mesure la puissance,
Mais dont nos cœurs devinent la bonté,
Tandis que l'homme, inquiet et mobile,
S'agite et s'use en sa force fébrile,
Dirigeant son ardeur, sans vous vaine et stérile,

Enveloppé dans votre éternité,
Vous demeurez toujours calme et tranquille;
Quand ces tristes débris volent au gré du vent,
Faut-il croire qu'aussi la terre nous attend ?

O Dieu, puisque la vie ici n'est qu'une aurore,
Qui nous fait espérer et désirer le jour,
Puisque l'homme n'est rien, en ce premier séjour,
Qu'un feu, dont la substance, en brûlant, s'évapore,
Qu'une lueur qui passe sans retour,

Puisqu'ici le bonheur est comme une ruine,
Où chaque illusion, comme un arceau détruit,
S'écroule, avec les jours d'un frère ou d'un ami,

Qu'un rayon incertain, par instants, illumine,
Et qui soudain retombe dans la nuit,

Puisque l'amitié sainte est une faible flamme,
Pour qui le cœur de l'homme est un fragile autel,
Que l'intérêt souvent étouffe sous son fiel,
Puisque même l'amour, qui souvent trouble l'âme,
N'est qu'un éclair, qui nous fait voir le ciel,

Puisque ce monde triste, où tout passe et tout change,
N'est qu'un tableau flottant, où votre nom écrit
A travers un brouillard apparaît à l'esprit,
Puisqu'en vous, en vous seul, se trouvent sans mélange
Le vrai, le beau, dont l'âme se nourrit,

Puisqu'on dit que cette âme, à ses fers arrachée,
Dans votre sein fécond peut se plonger un jour,
Qu'à votre immensité se mêlant, à son tour,
Elle y peut savourer, à vous seul attachée,
La confiance et le calme et l'amour,

Puisque enfin nous pourrons, par un profond mystère,
Retrouver en vous seul, distincts et confondus,
Tous ces êtres chéris, que nous avons perdus,
Qui burent avec nous la coupe de misère,
Et qui pour nous ici n'existent plus,

Bienheureux qui s'élève où finit notre sphère,
Et devant qui ce ciel, comme un voile écarté,

S'ouvre, et vous laisse voir dans votre pureté,
Heureux qui vous contemple, éternelle lumière,
Centre éternel de vie et de clarté.

VII

L'HIVER.

Au penchant des coteaux, dans de larges vallées,
Sur un ciel triste et roux, traversé de nuées,
Se dessinent en noir les branches dépouillées;
Avec elles, au loin, le clocher se confond;
L'eau croissante envahit ses rives désolées;
Un horizon brumeux du tableau fait le fond.

Tout à coup, un vent froid s'élève;
Sur les collines, sur la grève

Il court; il fait ployer les arbres gémissants;
Chênes et peupliers courbent dans tous les sens;
Puis le calme se fait; mais des nuages sombres
De ce tableau sinistre épaississent les ombres,
Et de légers flocons tombent tout lentement,
Ou voltigent, poussés par quelques coups de vent.

Le lendemain, nouvelle scène;
Les bois, les prés déserts, la plaine
D'un vaste voile blanc apparaissent vêtus;
Le chemin qu'on suivait ne se reconnaît plus.
Sur ce voile brillant le soleil se reflète,
A tout, malgré le froid, il donne un air de fête,
La neige à ses rayons se fond en diamant;
Spectacle beau, resplendissant
A l'œil du peintre ou du poëte,

Mais, hélas! toujours triste aux yeux
Des pauvres et des malheureux.

Là-bas, semblable à quelque tache,
Un point noir, mouvant, se détache:
C'est un homme, chargé de bois mis en faisceau,
Qui chemine, à pas lents, vers ce lointain hameau ;
Hormis cet être humain, partout la solitude;
Quelques corbeaux pourtant, s'élevant vers les cieux,
Ou rasant le coteau, de leur cri rauque et rude
Percent les airs silencieux.

Voici que, de nouveau, par des vapeurs funèbres,
Sur notre région s'étendent les ténèbres;
Le neigeux paysage, à nos yeux confondu,
Dans un brouillard épais a presque disparu;

Le ciel sur les vallons, par un effet étrange,
Semble s'abaisser pesamment,
Et l'homme ne voit plus qu'un lugubre mélange
De noir vaporeux et de blanc.

Plus tard, de ses rayons illuminant la terre,
Et le fleuve glacé, blanc comme un long miroir,
Le soleil verse à plein sa plus pure lumière,
Mais on paye un peu cher le plaisir de le voir;
Un froid mordant pénètre au travers de la laine,
La gelée a partout établi son domaine;
Que rien ne voile, au moins, cet astre radieux,
Qui réchauffe un peu l'âme, et réjouit les yeux.

Ce froid est beau, mais rude; enfin, voici la ville,
Contre cette rigueur c'est le meilleur asile;

Paris! de notre France âme fière et fertile,
Centre des arts, auxquels j'ai voué mon amour,
Quoique ton mouvement soit quelquefois fébrile,
Le jour qu'on te revoit est encore un beau jour.

Cependant sur ces toits des vapeurs amassées
Troublent un peu du ciel les lueurs éclipsées;
Le vent glisse en sifflant sur les vitres glacées;
Mais, sur ce froid pavé, que je foule inconnu,
Un doux rayon d'espoir ranime mes pensées :
Enfin d'amis chéris je vais être reçu.

Un peuple actif, ardent, devant moi se déploie;
La blouse d'ouvrier, que la bise rudoie,
Flotte près du drap noir, de la robe de soie;
Et tous, par le devoir, ou le plaisir, poussés,

L'un par l'autre heurtés, dans chaque large voie,
Comme un fleuve vivant, roulent à flots pressés.

Dans un char bien fermé la richesse menée
De regards curieux s'avance environnée ;
Et, sur une maison, à moitié terminée,
Des maçons, des couvreurs, travailleurs courageux,
Finissant une longue et pénible journée,
Espèrent sans malheur rentrer le soir chez eux.

Le riche promeneur, sous sa chaude tunique,
Semble encor redouter le froid vif qui le pique ;
Dans son petit manchon, qu'à son sein elle applique,
La bourgeoise, cachant ses mains, se courbe un peu ;
Et le soldat, levant une tête énergique,
Marche bravant le froid comme il brave le feu.

Mais plus d'un malheureux, blotti près d'une porte,
Demande, en gémissant, d'une voix presque morte,
Le pain dur qu'à ses mains la Providence apporte;
Beaucoup, en hésitant, passent sans rien donner;
Quelquefois un escroc nous trompe de la sorte,
Et tel marche très-bien qui feint de se traîner.

Par des moyens réglés si notre bienfaisance
A tant de malheureux que presse la souffrance
Avait plus largement préparé l'assistance,
Si pour tous le soutien était mieux assuré,
Nous pourrions sans regret, libres de conscience,
Refuser le secours de nos cœurs imploré.

Mais, lorsque vous quittez une table abondante,
Qu'un homme, qu'une femme, implorant, se présente,

Que faire? Examiner est d'une âme prudente ;
Pour dix sous même on craint de se laisser duper ;
Mais d'un froid pénétrant et d'une faim mordante
Quand un homme se plaint, tremblons de nous tromper.

Le soleil, décrivant la fin de sa carrière,
Dore le haut fronton de ce temple sévère ;
Puis, dans le crépuscule épandu sur la terre,
Où, malgré les frimas, se cache encor l'amour,
Des milliers de flambeaux, ranimant la lumière,
Pour ce peuple puissant forment un second jour.

Déjà près du théâtre une foule nombreuse
Attend avidement ses plaisirs préférés ;
Il n'est point d'aquilon, ni de gelée affreuse,
Qui l'écartent de ces degrés.

Le jeune étourdi vole où l'attend sa maîtresse,
Idole du moment, fantôme de bonheur;
Et, près d'elle, il s'étonne, après un peu d'ivresse,
De ressentir la soif du cœur.

Le solide bonheur, dont l'autre n'est que l'ombre,
Le mari dévoué le retrouve chez lui,
Au retour du travail; quelques-uns, dans le nombre,
Trouvent ou rapportent l'ennui.

La brunette vivace, ou la blonde vermeille,
Enveloppe son père en ses bras caressants;
Et déjà dans le fond de son âme s'éveille
L'instinct d'autres embrassements.

L'enfant qui tette encore, et qui vient de se plaindre,

Tourne vers lui ses yeux mouillés, mais souriants,
Et du sein de sa mère il étend, pour l'atteindre,
Ses petits bras impatients.

Entre les deux époux, si l'amour est sincère,
Un serrement de mains, un baiser, un regard,
Commencent l'union qu'avec plus de mystère
Ils complètent un peu plus tard.

C'est l'heure où les amis près d'un bon feu s'unissent
Dans de joyeux propos ou de graves débats ;
Attendant que de vin les verres se remplissent,
On règle le sort des États.

Dans une vaste salle, où l'art du confortable
A su leur préparer l'air tiède de l'été,

Des convives, assis près d'une large table,
Y savourent la volupté.

Là, d'un vin chaleureux et d'une gaité franche
L'amour et l'amitié s'abreuvent à long trait;
Plus d'un convive au cou d'une femme se penche,
Pour glisser quelque doux secret.

Là se touchent les cœurs, de plus près que les verres,
Et scintillent ensemble, avec mille reflets,
Les prismes du cristal, les rayons des lumières,
Et les feux de l'esprit français.

Après un bon dîner, le vieux célibataire,
Calme, sans se presser, arrive au rendez-vous;

Et dans son froid logis le pauvre solitaire
Rentre, espérant des jours plus doux.

Dans les brillants salons d'un banquier, une fête,
Dont la pure clarté semble ravie aux cieux,
Aux échos de la rue, où le passant s'arrête,
Porte des sons harmonieux.

Dans cet air embaumé, lumineuse atmosphère,
La musique répand ses accords les plus doux ;
Et la valse, entraînant les couples dans sa sphère,
Confond les amants, les époux.

Ici, plus qu'on ne croit, chaque femme livrée
Au cavalier, qui plonge en ses charmes les yeux,

Tourne, tourne en ses bras, lentement enivrée
D'un vertige voluptueux.

Pour l'homme, est-ce un bonheur, ou bien est-ce un supplice
De tenir dans ses bras des trésors prohibés?
Un peu de fiel, je crois, se mêle à ce délice,
Et beaucoup par là sont tombés.

De parfums délicats les femmes encensées
Font couler à longs flots, et boivent tour à tour
Ce nectar, dont souvent les âmes abusées
S'enivrent, et qu'on nomme amour.

Dans les plaisirs du bal les heures écoulées
Charment tous ces heureux, plus qu'un jour de printemps ;

Les affaires du monde au loin sont reculées
Par ses rayons étincelants.

Et déjà de lueurs l'Orient se colore,
Les premiers feux du jour ont frappé les vitraux ;
Voici que des salons la blanche et froide aurore
Fait pâlir les mille flambeaux.

Malgré la passion, sur l'épaule s'inclinent
Par la fatigue aussi les visages pâlis,
Et sur des plis fanés moins brillants se dessinent
Les gants et les bouquets flétris.

Enfin, le jour accru de sa lumière inonde
Ces murs, de l'Industrie immenses entrepôts;

Arrachés au plaisir, peu durable en ce monde,
Ces êtres fortunés vont chercher le repos;
Et d'autres, cependant, reprennent leurs travaux.

Dans ce quartier désert, quelle triste masure!
Au sommet de vieux murs, par les ans ruinés,
Des greniers sont couverts d'une lourde toiture;
Vous les croyez peut-être aux rats abandonnés,
Mais des êtres humains vivent là confinés.

En entrant, on remarque une muraille nue,
Qui fut blanche autrefois, mais que le temps noircit,
Sur une corde, là par deux clous suspendue,
Quelques linges, raidis par le froid de la nuit,
Deux chaises, une table, et, dans un coin, le lit.

Quoique partout sévisse un hiver redoutable,
Pas un rayon de feu ne réjouit ces lieux;
Une cruche de grès près du mur; sur la table
Un morceau de pain noir, quelques restes graisseux,
Aliments dégoûtants, qui repoussent les yeux.

Ceux qu'ici sous ses coups torture la misère,
Avec l'aide de Dieu, vivront-ils pour demain?
Dans cet affreux réduit, qu'un sombre jour éclaire,
Deux êtres, mal vêtus, traînent un corps malsain
Faible, pâli, maigri par le froid et la faim.

Le grabat pourrissant succombe sous l'usure;
Un matelas de paille; à ce lit effrayant
Des haillons amassés servent de couverture;

Sous ces lambeaux troués dort un tout jeune enfant,
Même dans le sommeil, par moments, grelottant.

Près de ces pauvres gens, sous ma casaque brune,
Je sens, plus qu'au grand air, le frisson me saisir ;
Pour faire des heureux que n'ai-je la fortune ?
De ce lieu de souffrance il est temps de sortir,
Mais avec un peu d'or tâchons d'y revenir.

Élégant cavalier, dans les flots d'une fête
Aucun plus que vous ne brilla ;
Mais dans ce noble cœur, et cette belle tête,
N'est-il place que pour cela ?

A vos yeux éblouis de plaisir tout s'efface ,
Vous saisissez de vains appâts ;

Tout tremblant, près de vous le misérable passe,
Vous ne le voyez souvent pas.

Pourtant, vous êtes bon, généreux ; mais le monde
Entraîne, comme un tourbillon,
Plus dangereux pour nous que la tempête et l'onde,
Sur l'Océan vaste et profond.

Au nombre des grands cœurs, bienfaiteurs de la terre,
Faites-vous un glorieux nom ;
Travaillons tous ensemble à vaincre la misère,
Nos efforts unis la vraincront.

O vous, aimable femme, et vous, charmante fille,
Qui sur ce beau métier promenez votre aiguille,

Tandis que près de vous ce joli feu pétille,
Tandis qu'étourdiment vous plaisantez du froid,
Savez-vous qu'à cent pas une pauvre famille,
Sans feu, souvent sans pain, grelotte sous le toit?

Quand vous daignez quitter votre palais, j'admire,
Moins que votre beauté, dont le charme m'attire,
Cette robe soyeuse et ce long cachemire ;
Nos yeux de tant d'éclat sont éblouis, confus ;
Mais, vous le savez trop pour que j'ose le dire,
A votre passion Dieu marque d'autres buts.

Parmi ces voluptés, troupe, hélas! éphémère,
Qui de leurs jolis bras, dans leur ronde légère,
Vous portent, en chantant, sans toucher à la terre,
Et tiennent votre cœur doucement enlacé,

Peut-être ignorez-vous tout ce que la misère
Fait souffrir sous un toit, ou brûlant, ou glacé.

Ah! si vous le saviez, dans ce réduit si triste
Vous verseriez le bien, avec un soin d'artiste;
Car dans ce sein ému que de richesse existe!
Dans ce cœur féminin sont des trésors d'amour,
Dont l'homme, quelquefois, d'une main égoïste
A ravi le plus pur, sans payer de retour.

Parmi vous la pitié se soulève et murmure;
Mais, refusant de croire une image si dure,
Peut-être vous pensez que, forçant la nature,
Je vous fais, à dessein, le tableau trop affreux;
Non; vous n'avez ici qu'une exacte peinture,
Et, ce que je vous peins, je l'ai vu de mes yeux.

Et quand l'été, passant sur notre belle France,
A quelques malheureux verse un peu d'espérance,
Lorsqu'aux favorisés du sort, en abondance,
Il jette le plaisir, mêlé de mille fleurs,
Si, dès lors, des greniers j'avais dit la souffrance,
Non moins qu'en ce moment auraient coulé vos pleurs.

Je n'ai pas du malheur gradué l'étendue;
Des misères, hélas! ai-je peint la plus nue?
Dans cette longue échelle, au gouffre descendue,
De ses nombreux degrés, ai-je pris le dernier?
Combien, de haut en bas, troubleraient votre vue,
Si je vous faisais voir le gouffre tout entier!

Reste la pauvreté, mais chassons la misère;
Elle n'est pas du monde une loi nécessaire,

Dès longtemps elle aurait disparu de la terre,
Si plus de cœurs, poussés par un ardent amour,
Avaient fait sur ce point tout ce qu'on pourrait faire,
Et ce que, tôt ou tard, on verra quelque jour.

Égoïsme, écrasé par plus d'une tempête,
Ne pourrons-nous jamais, lâche et hideuse bête,
Briser ton dernier bras et ta dernière tête ?
Dans tes replis rampants serons-nous toujours pris ?
Et dans tes bras, sur nous dressés, que rien n'arrête,
Laisserons-nous toujours retomber nos esprits ?

Pour tout infortuné, que le courage anime,
Précipité vivant par le sort dans l'abîme,
Ou de la maladie honorable victime,
Que la misère cesse ; et qu'elle ne soit plus

Qu'un juste châtiment pour le vice et le crime;
Qu'a ce signe terrible ils soient tous deux connus.

Quant à la pauvreté, pour ma part, je n'espère
Qu'elle soit opposée aux lois du divin Père;
Elle est, dans ses profonds desseins sur notre sphère,
Un mobile puissant de notre activité;
Mais de notre famille expulser la misère,
Ce but à nos efforts est toujours présenté.

VIII

ADIEU A ROSSINI.

JOUR DE SES FUNÉRAILLES.

Rossini, j'ose à peine approcher et te dire,
En ce jour solennel, à quel degré j'admire
De ton brillant esprit l'essor majestueux;
Je ne puis de te voir rassasier mes yeux.
Tandis que devant toi ce grand peuple s'écoule,
Je voudrais, à mon tour, un peu hors de la foule,
Triste, mais confiant, t'adresser mes adieux.
Pardonne si trop près, inconnu, je m'avance;

Peut-être il vaudrait mieux méditer en silence,
Lorsqu'au séjour divin, où finit la souffrance,
Tu vas, en nous quittant, t'élever radieux.

Laisse-moi de lumière un instant me repaître,
Laisse-moi de ton feu pénétrer tout mon être;
Je veux, en ce moment, avec soin recueillir
De ton âme féconde un dernier souvenir,
Pour plus d'une raison, il pourra nous servir,
Et l'action toujours est bonne et salutaire
De l'homme renommé sur un homme ordinaire.

La lyre aura donné tous les tons sous tes doigts,
Aux plus divers sujets tu sus prêter ta voix;
Le hardi Comte Ory, le Barbier de Séville,
Non moins hardi, sans doute, et plus fin, plus habile,

Auront eu pour ta gloire une influence utile,
Et leurs joyeux accents nous charment mainte fois.
Mais, quelques beaux lauriers qu'on gagne par le rire,
Le sérieux étend plus au loin son empire,
Et c'est par lui, surtout, qu'on devient immortel ;
Lui seul nourrit l'esprit, souvent le rire enivre;
L'un peut nous délasser, mais l'autre nous fait vivre.
Tu le savais ; aussi tu fis Guillaume Tell,
Dans Moïse sauvé renaquit Israël,
Et le *Stabat Mater* eut écho dans le ciel.

Adieu ; de ce beau ciel, où s'élargit la vie,
Puisse encore sur nous rayonner ton génie.

IX

LA DESTINÉE D'UN ENFANT.

Un enfant sommeillait sur sa couche légère;
Et, tandis que la nuit sur sa belle paupière
Versait un doux repos,
A travers l'ombre des rideaux,
Comme à travers un transparent nuage,
Un rayon de la lune éclairait son visage,
Que semblaient caresser les reflets des vitraux.

Cependant, près de lui, dans un profond silence,
Un ange de son front contemplait l'innocence,

Et, pénétré d'amour, en regardant ses traits,
Il couvrait son berceau de la céleste paix.
Pourtant, dans son esprit une pensée amère
Passa, comme un nuage en un beau ciel d'été,
Et, triste, il soupira, comme un fils de la terre,
Autant qu'un tel esprit pouvait être attristé;
Car devant cet enfant, par le sort apporté,
Son œil perçant voyait, comme une rude école,
Se dérouler au loin un sinistre avenir;
Et de son cœur ému tomba cette parole :
« Pauvre enfant, au malheur j'ai voulu te ravir;
Dieu ne l'a pas permis; tu vivras pour souffrir. »

Dans sa langue inconnue il dit une prière ;
Longtemps il admira ce beau front, calme et pur,
Comme un lac, où du ciel se reflète l'azur ;

Puis, de ses ailes d'or le couvrant, comme un père,
Approchant de son sein les mains pour l'embrasser,
Sur sa bouche entr'ouverte il dépose un baiser,
Plus doux que celui d'une mère;
Et l'enfant, à demi soulevant sa paupière,
Crut sentir sur son front, dans son berceau fermé,
Passer légèrement comme un souffle embaumé,
Et dans ses souvenirs resta comme un mélange
Des baisers de sa mère et du baiser de l'ange.

X

SOUVENIR D'UN BAL DE CAMPAGNE.

Quel triste souvenir en ce lieu se présente!
De ce jour, dont je veux jouir,
Il trouble tout à coup la lumière éclatante,
Et m'arrache un profond soupir.

Nous faut-il donc toujours trouver, en cette vie,
Auprès du sourire les pleurs,
Le reptile perfide au sein de la prairie,
Et les épines près des fleurs?

Ah ! qu'elle était jolie, avec son doux sourire,
Avec son doux regard d'enfant,
Avec ses blonds cheveux, que le tiède zéphire
Caressait amoureusement !

Avec ce front charmant, qui rougit et s'indigne
Sous le trait d'un regard impur,
Et ce cou velouté, comme celui du cygne,
Qui glisse sur un lac d'azur !

Sous sa croix d'or brillait sa gorge gracieuse,
Sous son bouquet sa blanche main,
La pelouse restait fraîche et silencieuse
Sous son pied délicat et fin.

Et tous les villageois, en passant auprès d'elle,
De son regard étaient jaloux ;
Ils répétaient entre eux, tout bas : Dieu ! qu'elle est belle !
Heureux qui sera son époux !

Et depuis cette fête hélas ! un an à peine,
A peine un an vient de passer,
Et le bois renaissant, à la fête prochaine,
Ne la reverra pas danser !

O jeunesse fragile ! ô mort, bourreau sévère,
Qui coupes le fruit dans sa fleur !
Heureux celui qui voit plus haut que cette terre,
Où tout passe, tout fuit, tout meurt !

XI

LA MORT D'UNE JEUNE FILLE.

« Déjà sous notre toit a paru l'hirondelle,
Et les premiers regards de la saison nouvelle
Ont ranimé les tendres fleurs;
La terre a revêtu sa riante parure,
Le saule a retrouvé sa blonde chevelure,
Tout va renaître, et moi, je meurs.

« Comme la fleur des bois s'incline desséchée,
Vers le tombeau fatal ma tête s'est penchée,
Au souffle glacé de la mort;

En vain tu veux, ma mère, apaiser mon délire,
En vain ta bouche encore essaie à me sourire,
Ah ! dans tes yeux je lis mon sort.

« Tu voudrais m'abuser ; lorsque ta main tremblante
Se pose tristement sur ma tête brûlante,
En vain tu me dis d'espérer ;
Et, tandis que ta main doucement me caresse,
Ton regard sur mon front s'attache avec tristesse,
Tout bas je t'entends soupirer.

« Pleure, pleure, ô ma mère, une trop courte vie,
Pleure en ses plus beaux jours ma jeunesse flétrie,
Ah ! pleure nos vœux superflus ;

Car bientôt avec moi s'éteindra ta famille,
Et, quand ta voix troublée appellera ta fille,
Ta fille ne répondra plus.

« Adieu donc, mon village, et ma pauvre chaumière,
Où je vivais heureuse, à côté d'une mère ;
Bois embaumés, bocages frais,
Coteaux, prés émaillés, témoins de ma jeunesse,
Belle rive, où pourtant j'ai connu la tristesse,
Adieu donc, adieu pour jamais.

« Vous toutes que j'aimais, vivez, soyez heureuses,
Que l'aurore toujours vous retrouve joyeuses,
Que votre ciel soit tout d'azur ;

Qu'à chacune de vous Dieu donne, pour défense,
Un époux amoureux, charmante récompense
D'un cœur demeuré chaste et pur.

« Mais ne m'oubliez pas, mes compagnes chéries,
Quand vous irez courir sur les vertes prairies,
Quand vous danserez sous l'ormeau,
Au milieu des ébats d'une douce folie,
Pensez un peu, pensez à la pauvre Amélie,
Qui dormira dans le tombeau.

« Peut-être à vos accents mon âme ranimée
De son triste sommeil s'éveillera charmée,
Et volera pour vous revoir;

Peut-être j'entendrai les soupirs de ma mère,
Et peut-être mon âme autour de sa chaumière
Viendra voltiger chaque soir.

« Ah! du moins, pour aimer je voudrais encor vivre;
Aimer! ce mot encore et me trouble et m'enivre,
Quand déjà luit mon dernier jour;
Hélas! tomber si tôt, inutile et fanée,
Comme l'herbe des champs, par la faux moissonnée!
Mourir sans connaître l'amour!

« J'avais là, dans mon cœur, des trésors de tendresse,
Dont le dernier élan, à ce moment, m'oppresse,
Quand la nuit envahit mes yeux;

Je meurs, rêvant encor des douceurs inconnues,
Dont on dit que l'amour à nos âmes émues
Verse les flots délicieux.

« O Dieu, dont le nom seul me calme et me console,
Que vers toi mon esprit dans un soupir s'envole,
Porté sur l'aile du matin,
Pour paraître à tes yeux mon âme est blanche et pure;
Délivre-moi des maux que sur ce lit j'endure,
O Dieu, reçois-moi dans ton sein. »

La jeune fille ainsi, rêveuse et languissante,
Exhalait son chagrin d'une bouche mourante,
Et, promenant partout un regard douloureux,

A tout ce qu'elle aimait murmurait ses adieux.
Son œil brillait encor ; la pâleur sépulcrale
Avait pourtant flétri sa tête virginale,
Et l'ange du trépas sur son front desséché
S'était déjà penché.
Trois jours après, la pauvre mère
Gémissait au foyer de la triste chaumière ;
La jeune fille du hameau
Dormait sous un paisible ombrage,
Et les filles du voisinage
Venaient pleurer sur son tombeau.

XII

A Mme ***, CANTATRICE.

Puisqu'il faut parmi nous boire la coupe amère,
Chantez, chantez encore, ô bel ange exilé;
Du bienheureux séjour aimable messagère,
Depuis que par vos chants le ciel nous a parlé,
Avec les derniers sons de cette voix si chère,
Notre bonheur s'est envolé.

Qui plus nous charme en vous, ou l'artiste, ou la femme?
D'où vient, quand votre cœur, dans vos chants exhalé,

Parcourt tous les accords qui répondent à l'âme,
D'où vient que notre cœur, tout à coup ébranlé,
Se sent électrisé d'une plus vive flamme,
Comme d'un songe réveillé ?

Quand votre voix vers nous arrive, douce ou fière,
Pourquoi le cœur ému plane-t-il radieux
Au-dessus de la vie inconstante et légère ?
Pourquoi bat il plus fort, pourquoi comprend-il mieux
Ce qui nous vient d'en haut, et vaut mieux que la terre,
Ce qui nous fait enfants des cieux !

Dans quel dessein ici Dieu vous a-t-il placée ?
Ah ! que vous êtes belle ! et quels divins plaisirs,
Quand votre bouche d'or, où parle la pensée,
Mêle aux sons du piano d'harmonieux soupirs,

Et qu'avec vos yeux noirs votre âme au ciel fixée
Semble y chercher ses souvenirs !

Tant d'applaudissements n'ont rien qui nous étonne,
Quand votre joue est pâle et semble tressaillir,
Comme sous ses accords une lyre frissonne,
Quand vous nous rappelez, d'un ton qui fait frémir,
Que pour nous rendre heureux la vertu seule est bonne,
Qu'elle domine le plaisir.

Il est beau d'obéir au transport qui vous presse ;
Mais, lorsque vous cédez à l'inspiration,
Songez-vous que le Dieu fatigue sa prêtresse,
Que la lyre se brise à la vibration,
Et que, de se soumettre à cette sainte ivresse,
C'est un martyre, une mission ?

Que votre esprit ardent y pense un peu, Madame;
Oui, par vous nous vivons, (qu'est-ce que respirer?)
Notre âme s'illumine aux clartés de votre âme;
Dans nos cœurs abattus votre voix fait vibrer
Chacun des sentiments dont la chaleur enflamme,
Ou dont la douceur fait pleurer;

Mais, songez-y, l'Art tue autant qu'il vivifie,
Et, si ces beaux accents qui nous ont tant émus,
Qui nous montraient au loin la suprême patrie,
S'ils devaient vous coûter, ces chants si bien rendus,
Un seul de vos rayons, un jour de votre vie,
Ah! Madame, ne chantez plus.

XIII

LA FEMME.

Qu'elle est belle la femme, avec ses longs cheveux,
Avec son cou, son sein, veloutés et soyeux,
Avec ses yeux brillants, tantôt doux et timides,
Comme ceux de l'enfant rêveur,
Tantôt vifs, radieux, ou, quelquefois, humides
De voluptueuse langueur!
Du regard de ces yeux quels cœurs ne sont avides?

Je m'arrête à ces traits; sous ces gracieux plis
Que de trésors encore, à nos yeux interdits!

Trésors mystérieux, précieux privilége
Des maris, présents ou futurs;
Qu'ils restent à l'abri du regard sacrilége
Des esprits et des cœurs impurs;
Que ce voile discret les couvre et les protége.

Quand la bonté chez elle est réunie au beau,
Qui peut imaginer plus émouvant tableau?
Pénétrant au travers de sa beauté visible,
Si je plonge au fond de son cœur,
Quel charme! quels parfums! quelle grâce indicible!
Quels germes féconds de bonheur!
Pour quiconque la trompe, ô Dieu, soyez terrible.

Ce sein est admirable, à l'éclat des flambeaux,
La nuit, lorsque du bal tourbillonnent les flots;

Mais n'est-il pas plus beau, loin des regards du monde,
Éclairé des rayons du jour,
Quand l'enfant, y cachant sa fraîche tête blonde,
Y suce le lait et l'amour,
Dont le cœur maternel est la source profonde?

Femmes, par qui commence ici le Paradis,
D'un amour pur et vrai soyez toujours le prix;
Qu'au fond des prétendants votre regard pénètre,
Méfiez-vous du feu des sens;
Où le cœur est absent l'amour ne saurait être,
Vous reconnaîtrez ses accents;
Sachez qu'auprès de vous passera plus d'un traître.

Pauvres femmes, malgré tant de charmes divins,
Qui devraient assurer pour vous des jours sereins,

De perfides serments quelquefois abusées,
Et conduites jusqu'au tombeau,
Après de vains plaisirs, comme un jouet, laissées
Pour quelque autre jouet nouveau,
Contre la trahison soyez, s'il faut, rusées;

Si vous pouviez ouïr, du fond de quelque coin,
Les propos éhontés d'un amant libertin,
Si vous pouviez, quittant les hauteurs de la vie,
Plonger vos regards curieux
Dans les obscurs couloirs de cette comédie,
Qui souvent se joue à vos yeux,
Où le drame, parfois, naît de la perfidie,

Vous auriez à l'instant de si profonds dégoûts
Que tout danger dès lors serait passé pour vous ;

Car au cœur féminin, même alors qu'il s'égare,
Toujours reste une dignité,
Dont l'homme trop souvent, ou léger ou barbare,
Fait voir son incapacité;
Que de déceptions peut-être on vous prépare!

L'amant, de sa nature, est volage et léger :
N'attendez de son cœur qu'un amour passager.
L'homme que le destin, que dis-je? Dieu lui-même
Vous unit d'un parfait lien,
Presque toujours c'est lui, c'est lui qui plus vous aime
D'amour vrai; vous le savez bien :
Amant et papillon, l'un de l'autre est l'emblème.

Ah! comment osons-nous, perfides et cruels,
Profaner ces trésors, hélas! trop tôt mortels!

Dans nos bras frémissants quand nous tenons ces charmes,
Brillante enveloppe du cœur,
Comment donc osons-nous, insensibles aux larmes,
Prononcer un serment trompeur?
Leurs attraits et leurs pleurs, elles n'ont d'autres armes.

Pourquoi chez tant d'esprits ce goût du changement?
Quel calcul insensé! quel espoir décevant!
Ce qui fait notre joie et plus vive et plus pure,
Quand ce que nous avons est doux,
Ce n'est point ce qui change; eh! non, c'est ce qui dure;
Tout ne change que trop pour nous,
Dans ce monde mobile, où tourne la nature.

Quand l'être vers lequel mon cœur fut entraîné,
Sans réserve et sans voile, à moi seul s'est donné,

De charmes étrangers que puis-je plus attendre?
Faut-il donc changer chaque jour?
Je ne sais point aimer si je ne sais comprendre
La sainte unité de l'amour;
La femme moins que l'homme a besoin de l'apprendre.

De l'objet désiré quand je possède tout,
Si je sens près de lui satiété, dégoût,
C'est que je n'aime pas comme il faut que l'on aime;
Je n'ai su voir ses vrais appas;
Le feu des sens s'éteint par le plaisir lui-même,
Le feu du cœur ne s'éteint pas;
Il vit encore ailleurs, après l'heure suprême.

Que ne peut-on donner la moitié de ses jours,
Pour arracher au Temps l'objet de ses amours?

Eh! quoi? vers le néant, par un cours invincible,
Tout cela doit être emporté!
O Temps, ô mort cruelle, ô Dieu, s'il est possible,
Grâce, grâce pour la beauté!
Peux-tu sur elle, ô mort, poser ta main horrible!

Pourquoi tant de richesse immolée au tombeau?
Pourquoi tous ces épis brisés sous le fléau?
Quelle fécondité, Seigneur, est donc la vôtre,
Si tant d'êtres fiers de beauté,
Dans la chaîne des temps, succèdent l'un à l'autre,
Sans que le nombre en soit compté?
Ils passent comme l'herbe, ainsi le dit l'Apôtre.

Que ces attraits, du moins, par le Temps emportés,
Jusqu'au dernier moment de nos cœurs soient goûtés!

De leur dernier éclat, pour moi, je le proclame,
Je veux être encor très-épris ;
Ah ! certes, il est beau l'automne de la femme :
Balzac, tu l'avais bien compris ;
La rose qui pâlit émeut encor notre âme.

Quant à vous, à qui Dieu, dans ses desseins secrets,
A donné pour nos yeux de moins brillants attraits,
D'un partage inégal ne soyez alarmées ;
Si votre cœur est bon, aimant,
D'un homme sérieux quand vous serez aimées,
Vous le serez passionnément ;
Du feu de ses regards vous serez ranimées.

Qu'importent dans le corps quelques charmes de moins ?
Si vous avez surtout, et gardez avec soins,

Ce que plus chez la femme on prise et l'on adore,
Richesse d'esprit et de cœur,
Ne vous attristez pas, car vous pouvez encore
Espérer amour et bonheur;
L'amour! vous l'attendez, comme on attend l'aurore.

XIV

L'AMOUR.

Nous savons presque tous la fable gracieuse
De l'Amour et Psyché, par son tort malheureuse ;
Cette fable de vrai contient un large fond,
Et, bien que, pour ma part, de plus en plus j'oublie
Les trésors surannés de la Mythologie,
J'avouerai, sans regret, que le sens est profond
De cette belle image, encor pleine de vie.

Le mystère et le demi-jour
Sont nécessaires à l'Amour.

Sentir, non raisonner, et, sur toute autre chose,
Éviter l'analyse, elle le ferait fuir,
Tels sont les premiers soins qu'à nos cœurs il impose.
Dans l'ombre des rideaux un moment s'il repose,
N'observez pas trop près sa face blanche et rose,
Laissez-le près de vous quelques instants dormir;
D'un rayon indiscret ne troublez sa paupière :
Si vous le soumettiez à trop vive lumière,
Vous le feriez évanouir.

Ce mystère élégant, qui causait les alarmes
Et piquait un peu trop la curiosité
De l'aimable et belle Psyché,
Pour les amants n'est certes pas sans charmes;
Mais il n'est plus une nécessité.
Depuis que sur la terre a brillé l'Évangile,

L'Évangile, soleil dans le monde moral,
L'amour a pris pour nous forme moins volatile,
A ses favorisés le jour n'est plus fatal.
L'homme et la femme enfin, quand d'amour ils s'unissent,
Savent mieux qu'autrefois de quel bien ils jouissent ;
Leur bonheur n'a plus tant besoin d'obscurité ;
S'ils cherchent volontiers dans l'ivresse amoureuse
Le secret, le silence et l'ombre vaporeuse,
Leur âme à ciel ouvert n'en est pas moins heureuse,
Et nul pour son amour, s'il croit, n'a redouté
Le grand jour de la vérité.

Rendons pourtant justice à l'antiquité même ;
Elle n'ignorait pas la volupté suprême
De l'amour conjugal, feu sacré du bonheur,
Où les plaisirs des sens, dont je ne veux médire,

Sont toujours épurés, sans avoir moins d'ardeur,
Par les feux de l'esprit et par les feux du cœur;
Homère, aux premiers temps, le chantait sur sa lyre ;
Admire qui le peut au texte original
Ce prophète inspiré de l'amour conjugal.
Hector, et près de lui son épouse fidèle,
S'offrent d'abord à nous comme un divin modèle ;
Honneur, honneur et gloire à l'esprit créateur,
Qui, du fond de ces temps obscurcis par l'erreur,
Consacrant dans ses vers l'amour et la constance,
A su nous présenter, à travers la distance,
Ce tableau rayonnant d'éclat et de chaleur.
Ce couple renommé, que de loin je contemple,
Bien qu'il se fût uni devant un autre autel,
De l'amour que je chante est un type immortel.
La Grèce et Rome en ont fourni plus d'un exemple ;

Plus d'un couple païen, d'un pur amour épris,
De ce doux sentiment avait connu le prix.
Mais plus profondément dans nos âmes il vibre ;
L'homme, plus généreux, et la femme, plus libre,
De leur commun destin ont mieux compris les lois,
Et, se connaissant plus, s'aiment mieux qu'autrefois.

Amour, toi qui confonds en étreintes brûlantes
Et les corps tressaillants et les âmes ardentes,
Toi qui, réunissant les corps électrisés,
Sais les mêler aux cœurs par le feu des baisers,
Qui réchauffes l'esprit à tes flammes puissantes,
A toi gloire et respect! Heureux, heureux cent fois
Ceux qui, cherchant le bien, le trouvent sous tes lois.
Quand deux êtres, guidés par ta voix souveraine,
Bons tous deux, et tous deux capables de tes feux,

Enivrés sagement par le cœur et les yeux,
Ont compris ce que c'est de n'être qu'un en deux,
Si, de plus, la vertu devant Dieu les amène,
Pour eux la terre au ciel dès ce jour-là s'enchaîne.
Plaignons ceux qu'au hasard la passion entraîne ;
Hélas ! la passion trouble l'esprit humain,
Et, par elle emporté, souvent il rompt tout frein ;
Mais n'est-il pas plus doux, lorsque vraiment on aime,
De voir l'avenir sûr pour l'amie et soi-même,
Et de pouvoir marcher tous deux, le front serein,
Vers Dieu, qui nous attend, vers Dieu, but souverain ?
Redoutons, redoutons ces terribles tempêtes,
Qui s'élèvent des sens plus souvent que du cœur,
Qui tiennent le remords suspendu sur nos têtes,
Et sur nous, tôt ou tard, font pleuvoir le malheur !
Heureux les êtres purs unis par le Seigneur;

Sous son œil protecteur leur destin se déroule,
Et la félicité de lui sur eux découle;
Chacun pour son ami soi-même s'oubliant,
Et du bonheur de l'autre avec soin s'occupant,
Ils sont heureux ainsi, tous les deux l'un par l'autre,
D'un bonheur plus complet et plus sûr que le vôtre,
Égoïstes, sans cesse occupés de vous seuls,
Et vêtus d'intérêt comme de froids linceuls.
Dans leurs travaux communs les forces sont doublées;
Si parfois quelque orage interrompt leurs beaux jours,
Si d'un ciel moins clément leurs douceurs sont troublées,
L'un sur l'autre appuyés, après quelques détours,
Au but, c'est le bonheur, ils arrivent toujours.
Plus tard, pour les époux une source nouvelle
S'ouvre, d'où le bonheur à flot coule et ruisselle;
Bienheureux qui connaît l'amitié paternelle!

Par des êtres nés d'eux leur être s'élargit,
En ces doux fruits d'amour leur jeunesse revit;
La vieillesse, à la fin, n'est pour eux qu'une attente ;
D'un bonheur moindre alors le couple se contente;
Puis, quand le reste meurt de leur paisible feu,
Ils sont encore unis en s'unissant à Dieu.

XV

INVOCATION A L'AMOUR.

Autour des frais lilas et des épines blanches
Flotte un air enivrant qu'Amour seul sait former ;
Les arbres au soleil développent leurs branches,
Pour nous couvrir de fleurs et pour nous embaumer ;
Visible sous l'écorce et la feuille luisante,
Dans leurs veines circule une séve abondante ;
De même au cœur humain, où le désir fermente,
Bouillonne le besoin d'aimer.

Amour, toi qui te plais parmi ces beaux ombrages,
Sur les bords sinueux de ces ruisseaux brillants,
Quitte pour nos cités ces gracieux rivages,
Viens au milieu de nous, au moins un peu de temps.
Apporte-nous la paix; réchauffe sous tes ailes
Ceux qui dans les vertus ont cherché leurs modèles;
Donne-leur de ton choix des épouses fidèles,
Et par elles de beaux enfants.

Apporte-nous, malgré les soucis de la vie,
Un bonheur qui résiste aux outrages du temps;
Dans notre siècle fort accroîs et multiplie
Les grandes actions par les grands sentiments.
Et, surtout, de ton bras puissant écarte et chasse
Cet être insidieux, qui prend souvent ta place,

Qui nous trompe souvent par une fausse grâce,
Mais qui ne sait parler qu'aux sens.

Qu'à ton souffle fécond s'animent les familles ;
Aux cœurs neufs, innocents, prodigue tes faveurs ;
Pose tes plus beaux dons parmi nos jeunes filles,
Sur les fronts virginaux mets tes plus belles fleurs ;
A ces âmes, que Dieu dans ses bras a bercées,
Verse à flots la constance et les pures pensées ;
Et sur celles déjà de plus d'un trait blessées
Fais couler l'oubli des douleurs.

Qu'entre les cœurs unis, sans nulle ardeur jalouse,
Les serments soient gardés par la fidélité ;

Que l'époux confiant, au sein de son épouse,
Dans ses embrassements sente la vérité.
Dans le fond de nos cœurs si tu laisses encore
Je ne sais quel désir d'une plus douce aurore,
Fais-nous attendre ici, quand sa soif nous dévore,
Le jour pur de l'Éternité.

XVI

LE VIEUX CÉLIBATAIRE.

L'été fuyait nos cieux ; le premier vent d'automne
Glissait, comme un soupir, sur les gazons flétris,
Les corbeaux perçaient l'air de leur cri monotone,
Des feuilles sous nos pas s'amassaient les débris ;
Comme l'œil d'un ami, que la vie abandonne,
Le soleil s'éteignait dans un horizon gris.

Ma mémoire frappée encor me le rappelle :
Seul, assis sur un banc, dans un coin écarté,

N'ayant auprès de lui qu'un chien, resté fidèle,
Recevant du soleil la dernière clarté,
Un beau vieillard, qu'un peintre eût aimé pour modèle,
Contemplait le couchant d'un regard attristé.

Quelques larmes coulaient sur ses deux mains croisées;
Ses forces, que l'on dut remarquer autrefois,
Par le chagrin, surtout, paraissaient affaissées;
Et, comme un vent glacé, qui gémit dans les bois,
Passaient dans son esprit ces lugubres pensées,
Dont vers moi quelques mots tombaient à demi-voix :

« Ainsi, quand sur mon front souriait la jeunesse,
Je n'ai pas su penser aux jours de la vieillesse!
Follement enivré des vapeurs du plaisir,
Je n'ai pas su compter pour le temps à venir!

J'ai pour mes derniers ans réservé la tristesse,
Et dans la solitude il faudra donc mourir !

« Quel être, ou quel objet, pourra combler le vide,
Qui se creuse en mon cœur, comme en un sable aride ?
Douces illusions, que je vois fuir au loin,
Bonheur toujours rêvé, cherché toujours en vain,
De vous, de vous encor je sens mon âme avide,
Quand mon être affaibli s'éteint dans le chagrin.

« Que n'ai-je, pour m'aider à supporter la vie,
Des enfants dévoués, une épouse chérie ?
Faut-il voir chaque jour passer devant mes yeux
Ces couples fortunés, qu'on dit aimés des cieux,
A qui j'ai tant de fois lancé la raillerie !
Je l'ai connu trop tard, le bonheur est pour eux.

« Que ne puis-je en un jour créer une famille !
Qu'on me donne le cœur d'un fils, ou d'une fille,
Et de mes derniers jours qu'on prenne la moitié ;
J'avais cru qu'au bonheur suffisait l'amitié ;
Mais le Temps sur les bons a passé sa faucille,
Et, quand fuit la fortune, on est vite oublié.

« De tant d'autres amis, et de tant de maîtresses,
A qui j'ai prodigué de si folles largesses,
Pas un, pas une, au moins par pitié, ne viendra,
Lorsqu'au timbre fatal mon heure sonnera !
Compagnons de plaisir, sont-ce là vos promesses ?
Avec mon opulence, ils sont partis déjà !

« D'un souci dévorant mon âme est poursuivie ;
Sortant, je me fatigue, et rentrant, je m'ennuie ;

Sous le toit qui m'attend puis-je, au moins, m'assurer
Qu'une main diligente aura su préparer
Le soutien ruineux d'une pénible vie,
Que la mort va bientôt dans ses bras attirer ?

« Sur quoi puis-je compter? sur des soins mercenaires,
Arrachés à prix d'or à des mains étrangères ;
Et, quand d'un œil d'ami je cherche le reflet,
Je rencontre un regard sans charme et sans attrait,
Qu'on s'efforce d'orner de douceurs mensongères,
Mais qui trahit un cœur terni par l'intérêt.

« Ecartez ces enfants ; leur gracieux sourire,
Que j'aimais autrefois, semble à présent me dire :
Que fais-tu seul ici ? quel sort est donc le tien ?
Où donc sont tes enfants? Préfères-tu ce chien ?

Mieux que le bras d'un fils sait-il donc te conduire?
Écartez-les; leurs jeux ne me font plus de bien.

« Je tomberai séché sur le sein de la terre,
Comme tombe à mes pieds cette feuille éphémère;
Et pas une œuvre utile, et pas un monument
Ne sauvera mon nom de la nuit du néant,
Du néant, qu'à la fois je redoute et j'espère!
Est-ce donc, en effet, la fin qui nous attend?

« Mon âme d'amertume à la tombe ira pleine,
Sans que d'elle peut-être une autre se souvienne;
Ah! vienne enfin la mort, je n'attends rien de mieux,
Mais quel sincère ami me fermera les yeux?
Quelle main, en mourant, pourra presser la mienne?
Dans quel sein attendri tomberont mes adieux? »

XVII

PORTRAIT D'UN AMI.

Dors et repose en paix, ô toi que je révère ;
Sur ce triste oreiller, qu'un faible jour éclaire,
Laisse un peu reposer cette tête si chère,
Qui se brise déjà sous le fléau du sort;
Dans ce calme profond, image de la mort,
Que ta figure est belle encor!

Dors, et repose en paix, afin que dans mon âme
Se gravent lentement, mais en lignes de flamme,

Ces beaux traits que la terre, hélas! déjà réclame,
Que j'ai vus autrefois par la vie animés,
Et qui bientôt seront dans la tombe enfermés,
Sous un froid marbre comprimés!

Puisque ton cœur sitôt de mon cœur se dégage,
Je veux sur ce papier que brille ton image;
Et, rassemblant autour de ce noble visage
Les souvenirs des jours passés à nous aimer,
Comme en un saint asile, élevé pour prier,
Je veux te garder tout entier.

C'est bien là ce beau front, large et plein d'assurance,
Où la bonté siégeait près de l'intelligence,
Ces yeux, que, dans nos jours de trouble ou d'espérance,
J'ai vus lancer l'éclair, ou répandre la paix;

Quoi ! bientôt le linceul couvrira pour jamais
Ce front pâle et ces yeux muets !

C'est bien là cette bouche, où l'aimable sourire
De la raison sévère adoucissait l'empire,
Souvent grave, jamais ouverte pour médire,
Que jamais ne plissa l'envie ou le dédain ;
C'est bien là cet air franc, reflet doux et serein
Du feu pur brûlant dans ton sein.

On dirait maintenant un marbre mortuaire,
Sculpté par le ciseau d'un savant statuaire,
Et couché tristement au caveau funéraire ;
Et ce corps, qui naguère, à chaque mouvement,
Laissait voir la pensée et l'âme à tout moment,
Semble resté seul à présent.

Et pourtant, au milieu de ce morne silence,
Un soupir de ton âme atteste la présence ;
Prête à partir bientôt pour une longue absence,
Elle est là, parmi nous elle est présente encor ;
Ce pli, qui de ton front vient sillonner le bord,
De ses rêves trahit l'effort.

Ah ! comment remplacer vingt ans passés ensemble,
Cette sécurité du lien qui rassemble
Deux êtres, dont toujours chacun espère ou tremble
Du même espoir que l'autre, ou du même frisson,
Ce bonheur de sentir, à chaque émotion,
Un cœur qui vibre à l'unisson ?

Ce n'est point en un jour qu'on parvient à refaire,
Lorsqu'il tombe, écrasé sous un poids séculaire,

Un vieux temple, tout plein d'ombres et de mystère,
Où, près de notre foi, vivait notre passé ;
Quand de notre amitié le temple est renversé,
Par quoi sera-t-il remplacé?

XVIII

TRISTESSE.

O doux parfums des bois, qui charmiez ma jeunesse,
Que j'ai dans mes beaux jours aspirés en rêvant,
Je reconnais ici votre souffle enivrant;
Soyez encore, au moins, un baume à ma tristesse,
Je ne puis aujourd'hui vous goûter qu'en pleurant.

Pourtant, cet air si pur, cette fraîche verdure
Rendent un peu de force à mon cœur épuisé;
Comme, au printemps, revit un arbuste arrosé,

A l'aspect de ces fleurs, où sourit la nature,
Mon esprit se relève, encore tout brisé.

Mon Dieu, quand l'amitié d'une innocente chaîne
Unit deux cœurs vivants, pourquoi la rompez-vous ?
Pourquoi dans la douleur puisons-nous presque tous ?
Prenez-vous donc plaisir à la misère humaine ?
Pardonnez ; pour qui souffre au moins se plaindre est doux.

Je le sais, je le sais, l'homme doit se soumettre ;
Par d'autres ou par soi qu'importe de mourir ?
Le présent est moins sombre à qui voit l'avenir.
Pour s'élever au bien, où doit monter notre être,
Le chemin le plus sûr est souvent de souffrir.

Et, dût-il ignorer par où son Dieu le guide,
Dût-il, comme un aveugle, avancer dans la nuit,
L'homme au fond de son cœur porte ce point écrit,
Ce point est évident à son esprit lucide :
Vous êtes bon, au bien votre bras nous conduit.

Comme un soldat, placé sur un champ de bataille,
Du chef, le plus souvent, ignore le dessein,
L'homme sait seulement votre ordre souverain,
Assuré que toujours, à travers la mitraille,
A la victoire, au but, le mène votre main.

XIX

L'ENFANCE.

Oh ! qui me les rendra, les jours de mon enfance,
Où soufflait mieux pour moi l'air de la liberté ?
Qui me rendra mes jeux, et mon insouciance,
Et ma douce ignorance,
Et ma folle gaîté ?

Au moins, gardons toujours cette âme fraîche et pure,
Qui jamais dans son sein n'a distillé le fiel,
Cette âme de quinze ans, dont la saine nature

Ignore la morsure
De l'intérêt cruel.

Hélas ! si, remontant la route poursuivie,
Je pouvais retrouver ce ciel pur et serein,
Ces germes de bonheur, ce printemps de la vie,
Que mon âme attendrie
Contemple encore au loin !

Enfance, aimable temps de fleurs et de rosée,
Où l'on sent au bonheur tout son être s'ouvrir,
Sois un baume divin pour mon âme brisée,
Berce encor ma pensée
De ton doux souvenir.

Rappelle-moi ces jours de joie et d'espérance,
Où l'horizon vermeil à nos yeux resplendit,
Où l'esprit, plein d'ardeur, vers l'avenir s'avance,
Comme l'enfant s'élance
Sur l'oiseau qui s'enfuit,

Où du cœur innocent s'exhale la prière,
Comme à l'aube du jour un souffle harmonieux,
Où l'enfant croit à tout sur la foi de sa mère,
Et simplement espère,
En regardant les cieux.

XX

NAPOLÉON Ier A SAINTE-HÉLÈNE.

Du haut de ce rocher escarpé, triste, aride,
Qui s'élève au-dessus de la plaine liquide,
Sainte-Hélène, occident fameux,
Un des plus grands esprits qu'aient vus passer les cieux,
Peut-être le plus grand, si j'en excepte deux,
Jusqu'au dernier soupir conservant son génie,
Nous léguait, en montant aux sources de la vie,
Un grand enseignement, mêlé dans ses adieux.

Il lançait sur le monde, encor plein de sa gloire,
Attentif, jusqu'au bout, à toute son histoire,
Un suprême rayonnement,
Non le moins lumineux, ni le moins bienfaisant;
Des nuages du doute à la fin s'élevant,
Comprenant que sans Dieu toute gloire est stérile,
Il suivait humblement la loi de l'Évangile,
Que, déjà dans sa vie, il admira souvent.

Hélas! pourquoi faut-il que tant de grands exemples
Laissent nos yeux fermés aux lumières des temples?
Quand donc enfin verront-ils clair?
Faut-il, pour les ouvrir, et la foudre et l'éclair?
Faut-il que Dieu tonnant tout à coup fende l'air?

Voltaire même eût mieux, je crois, fini sa vie,
Si ses amis, tremblant pour la philosophie,
N'avaient autour de lui mis un rempart de fer.

XXI

LA POLOGNE.

Au fond de l'Orient une douce lumière
Annonçait un beau jour aux enfants de la Terre;
Un zéphyr embaumé, passant sur les sillons,
Éveillait les échos des bois et des vallons.
L'Amour et le Plaisir sur la nature entière
Planaient, enveloppés d'un vaporeux mystère;
Enfin, de l'horizon franchissant la barrière,
Le soleil dans les cieux lançait mille rayons.

Du plus haut de ces cieux, où se perd notre vue,

Porté d'un seul élan à travers l'étendue,
Dieu s'approcha du globe, où, pleins de ses bienfaits,
Les hommes respiraient la concorde et la paix.
Après avoir fixé, tant qu'il pouvait s'étendre,
Sur tout cet œil si prompt, que nul ne peut surprendre,
Son regard s'arrêta, plus paternel et tendre,
Sur les champs désolés du peuple polonais.

Penché sur un nuage, au-dessus de la plaine,
Pour descendre vers lui Dieu prit la forme humaine;
Ce peuple généreux, par le malheur brisé,
Mais levant fier encor son front cicatrisé,
Dans son cœur, fatigué d'une longue souffrance,
Sous le souffle divin tressaillit d'espérance;
Dieu, de sa grande voix tempérant la puissance,
Versa ces mots d'amour au valeureux blessé :

« Peuple brave, que j'aime, espère et prends courage,
D'un arrêt éternel je ne t'ai point frappé ;
A de cruels desseins, par ma grâce échappé,
Tu seras délivré du joug de l'esclavage
Par d'utiles tourments j'ai dû te rajeunir,
Tu redeviendras fort pour avoir su souffrir ;
Je veux, par le martyre illustrant ton génie,
Que ton âme à la fin se relève agrandie ;
Du martyre, mon fils, si tu souffres encor,
C'est de celui qui rend la vie,
Non de celui que suit la mort.

« De grandes vérités ton histoire est la preuve :
Qui ne sait obéir, ou peuple ou citoyen,
De mon bras, pour un temps, perd bientôt le soutien,
Retiens cette leçon d'une si longue épreuve ;

Tout peuple à son drapeau doit d'abord se ranger,
Dès qu'il voit poindre au loin celui de l'étranger;
Tout peuple qui chez soi laisse entrer la discorde,
Il faut sous le fléau qu'il gémisse et se torde;
Mais à tes oppresseurs je ne t'ai point livré,
Je veux que le fer et la corde
Tombent de ton sein déchiré.

« Pour qu'un peuple grandisse, il faut qu'il vive libre;
Quiconque a l'âme forte aime la liberté,
Mais elle doit s'unir avec l'autorité;
De ces deux éléments sache avoir l'équilibre,
Quand cesseront pour toi les jours d'oppression,
De l'ordre et du progrès c'est la condition;
Pour aider à la loi, que lui-même révère,
Dans toute nation un chef est nécessaire,

Qu'il s'appelle Empereur, ou Président, ou Roi ;
Retiens bien ce mot salutaire :
La liberté, mais sous la loi.

« J'éveille, en ta faveur, chez les races humaines
L'instinct de la justice, elle est toute pour toi ;
J'y souffle cet esprit d'amour, de bonne foi,
Qui consume et détruit les plus cruelles haines.
Tu succombas au poids des raisons du plus fort,
Il faut que tes voisins, d'un généreux accord,
Se hâtent d'effacer ce crime de la terre,
Avant que sur leurs fronts éclate ma colère ;
Je veux que, dirigés par les raisons du cœur,
Ils brisent les chaînes d'un frère,
Que n'a pas vaincu le malheur. »

Dieu prononça ces mots d'une voix calme et lente.
Le pauvre Polonais, les bras tendus vers lui,
Sur son sein paternel cherchant presque un appui,
Murmura quelques mots d'une bouche tremblante ;
Il osa contempler le visage de Dieu ;
Et Dieu, voilant pour lui sa face éblouissante,
Le laissa dans ses bras se reposer un peu ;
Puis dans ces profondeurs, d'où sa majesté sainte
Inspire aux cœurs humains l'amour plus que la crainte,
Reprenant sa splendeur, il s'éloigna soudain.
Tout frémit de plaisir dans l'éternelle enceinte ;
Et le jour, dans les cieux s'épanchant de son sein,
Brilla sur ses enfants plus pur et plus serein.

XXII

SOUHAITS.

De ce séjour lointain, où la Divinité
A nos trop faibles yeux cache sa majesté,
Puisse sur notre temps souffler l'esprit de vie;
Notre temps, je le sais, est puissant et fécond,
Par son activité bien des progrès se font,
En aucun plus qu'en lui n'a brillé la raison,
Mais du froid de l'erreur plus d'une âme engourdie
Attend qu'un trait de Dieu réveille son génie.

Puisse sur nos esprits, que le doute a troublés,
Mais que l'amour du vrai doit tenir rassemblés,
Comme au temps de Pascal, dont j'aime assez l'exemple,
Auprès de la raison régner toujours la Foi ;
Puisse toujours régner, par sa vivante loi,
Sur nos cœurs plus soumis notre souverain Roi,
Et, pour lui rendre hommage où mieux on le contemple,
Un peuple intelligent affluer vers le Temple.

Veuille Dieu que les arts, outre la passion,
Cherchent souvent plus haut leur inspiration,
Que pour l'humanité la science agrandie,
Par d'incessants travaux, découvre des trésors,
Qui de l'infirmité reculent les abords,
Que la misère cède enfin à nos efforts,

Que la Religion et la Philosophie
S'unissent franchement pour guider notre vie.

Si, plus qu'il ne convient, les ministres de Dieu
Dépassent quelquefois les portes du saint lieu,
D'un pied bien téméraire, à leur tour, la science,
Souvent la Politique, osent trop envahir;
Entre ces éléments, destinés à s'unir,
Puisse un juste équilibre à la fin s'établir,
Pour les peuples souffrants s'accroître l'espérance,
Et le bonheur de tous commencer par la France.

Puisse la paix surgir de la fraternité,
Et s'éteindre la haine et la rivalité

Qu'entre pays voisins l'orgueil surtout fait naître,
Que Dieu n'approuve pas chez des peuples chrétiens,
Quand sa loi les condamne entre les citoyens;
Remplaçant le canon par de plus doux moyens,
Puissent-ils accepter l'amour pour guide et maître,
Et pour frères qu'ils sont enfin se reconnaître.

Puisse, sous une sage et digne autorité,
Autant qu'il sera bon, croître la liberté,
Dans ses chaînes rester la discorde stérile,
Et, pour faire à nos cœurs un ciel pur et vermeil,
De la Foi parmi nous pour aider le réveil,
Comme à cet horizon monte ce beau soleil,
Par qui l'homme est heureux, et la terre est fertile,
Dans le monde moral dominer l'Évangile.

Espérons, travaillons ; mais, hélas ! ces souhaits
Seront-ils ici-bas réalisés jamais ?
L'Évangile saura maintenir son empire ;
Mais tant d'autres souhaits, nés d'un sentiment pur,
Seront-ils exaucés dans un siècle futur ?
Puissent-ils n'être pas de ces rêves d'azur
Qu'un beau jour de printemps à plus d'une âme inspire,
Et qu'on se plaît, au moins, à chanter sur la lyre.

TABLE.

FIN.

PARIS

IMPRIMERIE D. JOUAUST

RUE SAINT-HONORÉ, 338

M D CCC LXX

www.ingramcontent.com/pod-product-compliance
Ingram Content Group UK Ltd.
Pitfield, Milton Keynes, MK11 3LW, UK
UKHW031903260826
14628UKWH00002B/964

9 782019 247935